T0132203

La Collection des Contes Haïtiens de Mancy

Mireille B. Lauture, Ph.D.

Illustré par Cantave Casséus

AuthorHouse™
1663 Liberty Drive
Bloomington, IN 47403
www.authorhouse.com
Phone: 1 (800) 839-8640

Illustrated by Cantave Casséus- All rights reserved.
Spanish Translator, Marcela Shepard
French Consultant, Daniele M. Kellams, Ph.D.
Author's email: mancystorybooks@yahoo.com

Published by AuthorHouse 12/14/2018

ISBN: 978-1-5462-6731-7 (sc)
ISBN: 978-1-5462-6732-4 (e)

Library of Congress Control Number: 2018914315

Print information available on the last page.

authorHOUSE®

Je dédie "*La Collection des Contes Haïtiens de Mancy*" à mes enfants Victoria, Sherlynn, Darnell Patrick, Fritzgérald "Roldy" Lauture et à leurs enfants. Je tiens à remercier ma sœur Florence Bastien pour son encouragement; et aussi à mes éditrices Tiziana G. Marchante et Liliem García dont leur support a été nécessaire à la réalisation de cette publication. Quant à ma mère, Mme. Hermance Garçon, je lui dois une fière chandelle!

Dedico "*La Colección de los Cuentos Haitianos de Mancy*" a mis hijos Victoria, Sherlynn, Darnell Patrick, Fritzgérald "Roldy" Lauture y sus hijos. Quiero agradecer a mi hermana Florence Bastien por su aliento; y también a mis editores Tiziana G. Marchante y Liliem García, cuyo apoyo fue necesario para la realización de esta publicación. En cuanto a mi madre, la señora Hermance Garçon, ¡le debo una orgullosa vela!

La Collection des Contes Haïtiens de Mancy

La Collection des Contes Haïtiens de Mancy est une série de 10 contes populaires reproduits sur ces pages afin de préserver les fantastiques histoires racontées par ma mère, Madame Hermance (Mancy) Garçon. Mère célibataire, elle a consacré ses nombreux talents et sa vie à moi, son unique enfant. Merci, maman!

Voulant toucher un public beaucoup plus vaste, j'utilise donc l'Internet pour publier quelques-uns des contes folkloriques préférés de ma mère afin de perpétuer son héritage merveilleux. Chaque histoire se termine par une morale essentielle. *Que la tradition des contes oraux haïtiens continue à jamais!*

Ces contes n'appartiennent à personne en particulier. Ces contes font plutôt partie de l'âme et de l'esprit d'une nation et de son peuple. Par mon expérience, ils ont été transmis oralement par mon arrière-arrière-grand-mère à ma grand-mère, qui, à son tour, les ont racontés à ma mère.

C'est avec grand plaisir que je partage ce récit "Loulou, Le Vaillant!" appartenant à *La Collection des Contes Haïtiens de Mancy*, venant du répertoire de ma mère et présenté avec amour.

La Colección de Cuentos Haitianos de Mancy

La Colección de Cuentos Haitianos de Mancy es una serie de 10 leyendas reproducidas en estas páginas para conmemorar los cuentos fantásticos narrados por mi madre, la señora Hermance (Mancy) Garçon. Una madre soltera que dedicó a mí, su única hija, mucho de sus talentos y de su vida. ¡Gracias, mamá!

Al querer alcanzar un público mucho más grande, yo estoy, por consiguiente, utilizando la tecnología del Internet para publicar un número selecto de los cuentos folklóricos favoritos de mi madre para continuar su maravilloso legado. Cada cuento termina con una moraleja sobresaliente. ¡*Que la tradición de los cuentos orales haitianos continúa para siempre*!

Los cuentos no empezaron con alguna persona en particular. Más bien estos cuentos son una parte del alma y del espíritu de una nación y su gente. Tal como fue mi experiencia, los cuentos se han pasado oralmente desde mi tátara-abuela hasta mi abuela, quien, a su vez, se los contó a mi madre.

Es un gran placer compartir este cuento de *La Colección de Cuentos Haitianos de Mancy*, "Loulou, El Valiente!", cariñosamente presentado del repertorio de mi madre.

Il était une fois, un fermier qui voulait se débarrasser de son vieux bouc. Il se décide d'organiser un concours pour les gens de sa communauté en offrant son bouc comme récompense. Son bouc était tellement vieux que ses cornes étaient longues et courbées, son corps était couvert de poils décolorés et sa barbe très longue; en plus, le bouc avait une odeur répugnante. Ça pue!

Había una vez un granjero que quería deshacerse de su vieja cabra y decidió organizar un concurso en su comunidad ofreciendo a su cabra como recompensa. Su cabra era tan vieja que sus cuernos estaban torcidos hacia arriba, su pelo descolorido y su barba muy larga y además tenía un olor horriblemente apestoso. ¡Apesta!

Le fermier invite quelques-uns de ses amis chez lui et leur dit: “Si je peux trouver une personne assez vaillante qui peut s’enfermer dans une chambre avec ce vieux bouc pour seulement cinq (5) minutes, je lui donnerai en cadeau non seulement mon vieux bouc, mais aussi $2,000 comme prime”.

El granjero invitó a unos cuantos amigos a su casa y les dijo: “Si puedo encontrar a alguien lo suficientemente valiente como para quedarse hasta cinco (5) minutos dentro de un cuarto junto con esta cabra vieja, le daré un premio de $2,000 más la cabra”.

La nouvelle s'est répandue vite! Tout le monde s'y inscrit. Plusieurs personnes se réveillent de très tôt le lendemain matin pour s'aligner devant la maison du fermier. Une première personne essaie de s'approcher du bouc, mais l'odeur d'aussi loin l'empêche de s'avancer. Ça pue! Une deuxième personne arrive forcément un peu plus près, mais ne pouvant plus continuer à cause de l'odeur, a décidé d'y renoncer. Ça pue! Plusieurs autres personnes essaient aussi, mais aucune d'elles ne peut résister à cette odeur puante. Ça pue!

¡Las noticias corrieron rápido! Todos se enteraron. Muchas personas se despertaron temprano la mañana siguiente para ponerse en la larga fila que empezaba en la puerta de la casa del granjero. El primer hombre en la fila trató de acercarse donde se encontraba la cabra, pero el fuerte olor de la cabra lo mantuvo alejado. ¡Apesta! El segundo hombre trató de acercarse más pero no pudo aguantar el olor tampoco y se dio por vencido. ¡Apesta! Muchos otros continuaron tratando de encerrarse con la cabra vieja, pero no pudieron aguantar su olor apestoso. ¡Apesta!

Il y avait un homme du nom de Loulou qui lui aussi était du quartier. Loulou était bien au courant du concours comme tous ceux dans sa communauté, mais, contrairement à eux, il ne s'empresse pas à y participer dès le début. Il voulait préparer un plan. Assis dans sa cour, regardant ses voisins se dépêcher de s'y rendre en premier, Loulou se dit: "Intelligent comme je suis, je ne saurais me laisser passer cette chance! Alors, je dois faire de mon mieux pour obtenir cette somme d'argent!"

Había un hombre llamado Loulou que vivía en el vecindario. Loulou sabía del concurso como todos los demás en la comunidad, pero, a diferencia de los demás, él no quería apurarse para ser el primero en la fila. Quería idear un plan. Mientras estaba sentado en su patio, mirando a sus vecinos apurándose para llegar primero, se dijo a sí mismo: "Yo soy un hombre inteligente, ¡no dejaría pasar esta oportunidad! ¡Entonces, necesito usar mi cabeza para ganar ese dinero!"

Loulou décide à se préparer un bain spécial avec des différentes feuilles trouvées dans son jardin. Il se compose un mélange de feuilles basiliques et d'autres feuilles ayant de mauvaises odeurs. Ça pue! Loulou les écrase toutes en miettes puis les mélange avec de l'eau pour se faire un pot-pourri de bain. Il se baigne de la tête aux pieds avec ce pot-pourri de mauvaise odeur. Puis, il s'habille et se met en route pour participer au concours.

Loulou decidió prepararse un baño especial con distintas hojas encontradas en su huerto. Recolectó un montón de hojas que al molerse juntas producirían el olor más apestoso del mundo. ¡Apesta! Loulou molió esas hojas, las puso en una tina llena de agua y se bañó de pies a cabeza con esta mezcla apestosa. Luego se vistió y se fue al concurso.

Quand Loulou arrive au lieu du concours dans l'après-midi, il y avait encore une foule assemblée, mais pas de gagnant. C'était une grande curiosité pour tout le monde de savoir qui pourrait gagner ce gros lot. Tout le monde regardait, certains se couvraient le nez, tandis que Loulou, très confident, traverse la foule pour entrer.

Cuando Loulou llegó al concurso esa tarde, todavía había mucha gente allí, pero nadie había ganado el premio aún. Todos estaban esperando para ver quién sería el ganador del dinero. Miraron, algunos con las narices tapadas, mientras Loulou, confiadamente, caminó entre la muchedumbre para entrar.

Loulou ne regarde ni à droite ni à gauche, il s'approche de plus en plus près de l'endroit où se trouve le bouc, et à l'étonnement de tout le monde, il ouvre la porte, rentre, et s'enferme avec le bouc.

Sin voltear a la derecha ni a la izquierda, Loulou se acercó a donde estaba la cabra y, a sorpresa de todos, abrió la puerta, entró y se encerró con la cabra.

Peu après, venant de l'intérieur, on entend plusieurs frappements rapides à la porte retentir.

Poco después, la muchedumbre empezó a oír ruidos que sonaban como si alguien estuviera tocando para salir del cuarto.

Immédiatement, les gens pensent que c'est Loulou qui demande à sortir, tandis que c'est le bouc qui frappait ses cornes à la porte parce qu'il ne pouvait plus supporter la mauvaise odeur de Loulou. Ça pue! Tout le monde est surpris de voir le bouc sortir en courant.

Inmediatamente, pensaron que Loulou estaba tratando de salir, pero se dieron cuenta que era la cabra que con sus cuernos quería romper la puerta para escaparse porque no podía soportar el horrible olor de Loulou. ¡Apesta! La gente miró con sorpresa como la cabra salió corriendo.

Après la fuite du bouc, Loulou, bien calmement, sort de la chambre avec le sac d'argent en main. Il s'adresse à la foule qui était resté stupéfaite, en disant: "Maintenant, je vais me rincer avec de l'eau propre, et après avoir gagné ces $2,000, je vais acheter du parfum pour retrouver ma bonne odeur corporelle et m'organiser une grande fête".

Después de que la cabra salió corriendo, Loulou, caminando tranquilamente, salió del cuarto cargando en sus manos la bolsa de dinero. Le dijo a la muchedumbre asombrado: "Ahora voy a enjuagarme con agua limpia y con los $2,000 voy a comprar una loción para recuperar mi buen olor corporal y organizarme una gran fiesta".

$2000
HT

Morale: Pour arriver à son objectif il faut faire des sacrifices.

Moraleja: No se alcanza el éxito sin sacrificio.

The End

Printed in the United States
By Bookmasters